雏凤新声系列丛书

陕西师范大学中国语言文学"世界一流学科建设"成果

陕西师范大学中国语言文学学科拔尖创新人才培养成果

雅韵浅唱集

惠红军　主编

光明日报出版社

图书在版编目（CIP）数据

雅韵浅唱集 / 惠红军主编 . -- 北京：光明日报出
版社，2020.6

（雏凤新声系列丛书）

ISBN 978-7-5194-5765-5

Ⅰ. ①雅… Ⅱ. ①惠… Ⅲ. ①诗词—作品集—中国—
当代②对联—作品集—中国—当代 Ⅳ. ① I217.1

中国版本图书馆 CIP 数据核字（2020）第 090546 号

雅韵浅唱集
YAYUN QIANCHANG JI

主　　编：惠红军

责任编辑：庄　宁　　　　　　　　责任校对：李　荣
封面设计：中联学林　　　　　　　责任印制：曹　净

出版发行：光明日报出版社
地　　址：北京市西城区永安路 106 号，100050
电　　话：010-63139890（咨询），010-63131930（邮购）
传　　真：010-63131930
网　　址：http://book.gmw.cn
E - mail：zhuangning@gmw.cn
法律顾问：北京德恒律师事务所龚柳方律师

印　　刷：三河市华东印刷有限公司
装　　订：三河市华东印刷有限公司
本书如有破损、缺页、装订错误，请与本社联系调换，电话：010-63131930

开　　本：170mm×240mm
字　　数：117 千字　　　　　　　印　　张：9.5
版　　次：2020 年 6 月第 1 版　　印　　次：2020 年 6 月第 1 次印刷
书　　号：ISBN 978-7-5194-5765-5

定　　价：45.00 元

雏凤新声丛书编写委员会

主　任　胡安顺

编　委　胡安顺　惠红军　王怀中

　　　　朱湘蓉　祁　伟　刘卫平

　　　　李晓刚　许晓春　余志海

前言

　　为了培养德才兼备、知能并重的一流语文教育人才和通专结合、守正创新的拔尖创新人才，凸显教师教育特色优势，提升学院人才培养质量，推进中国语言文学"世界一流学科"建设，文学院计划将有关成果结集出版，以展现学院人才培养的特色及经验。

　　陕西师范大学文学院至今已经走过了70多年的发展历程。数代学人培桃育李、滋兰树蕙，形成了"守正创新、严谨求实、尊宣个性、兼容并包"的学术传统和"重基础训练、重理论素质、重学术规范、重人文教养、重社会实践、重能力提高"的人才培养理念，铸就了"扬葩振藻、绣虎雕龙"的学院精神。目前学院有汉语言文学（师范）、汉语言文学（新文科基地班）、秘书学、汉语国际教育等本科专业，形成了包括本科、硕士、博士、博士后科研流动站在内的完整的人才培养体系。

　　2017年，陕西师范大学中国语言文学学科进入"世界一流学科"建设行列，2019年汉语言文学专业入选国家"一流专业"，人才培养作为学科建设的重要内容，迎来了难得的发展机遇。在学校的正确领导下，文学院师生凝心聚力、发愤图强，人才培养工作取得了显著成效。为了更好地展示学科建设期间学院教师致力于专业教学及研究的成果，体现学院师生人文素养与专业能力，为当代文化建设和基础教育服务，我们汇集本学科师生的诗词曲赋联作品、书法作品、散文作品等，策划出版"陕西师范大学中国语言文学世界一流学科建设成果"丛书和"陕西师范大学中国语言文学学科拔尖创新人才培养成果"丛书，以总结经验、不断进步。

丛书的出版得到了各方友好的鼎力支持，在此一并致谢！

陕西师范大学文学院院长　张新科

2019 年 10 月 30 日

《雏凤新声》系列丛书序

　　序者，叙说也。言其善叙事理、若丝之有绪也。约可区为三类：一曰著作序，王应麟所谓"序者，序典籍之所以作也"。作者自述其撰著之缘起、宗旨及过程诸事，亦或介绍品评他人之所作也。二曰赠序，属惜别赠言劝勉之文，晏子所谓"君子赠人以言，庶人赠人以财"也。三曰雅集序，记宴游之乐以述雅怀也。

　　《<雏凤新声系列丛书>序》者，序《雏凤新声系列丛书》之所以作也。雏凤者谁也？陕西师大文学院之学子也。新声者何也？诗词赋记之类也。系列丛书者何也？2012年既刊行首部，本次付梓四部，其后将续有新作也。四部者何也？《曲江新声》《终南晨曲》《终南新声》《雅韵浅唱集》也。本科生何以能出版诗词集也？此乃陕西师大鼓励学子创作诗词之传统也。鼓励学子创作诗词其利安在也？曰诗可以"兴观群怨"也。兴观群怨者何也？曰兴为兴怀，观为观风，群为亲民，怨为讥评也。兴怀观风亲民讥评者何为也？曰可以陶性防腐、知民忧乐、从政美俗、破痈溃痤也。

　　大凡兴怀能诗者多有雅致，有雅致者多日伴诗书，情系家国，爱及草木，思存千古，进则欲施展抱负，兼善天下，退则以诗言志，期在不朽，何暇因受贿而劳神，岂为暂时之财贿而毁百年之清名也？言为心声，物不违理，犬羊难为虎豹之啸，瓦釜不作黄钟之鸣。清雅之音，其心必正；贪鄙之辈，辞亦龌龊。故曰诗可以陶性防腐也。至若观风、亲民、讥评三事，乃诗家之本能、操觚者之要务，无需多议。

且夫四时召我以美景，大块假我以文章。会桃李之芳园，序天伦之乐事，访胜迹于崇阿，发思古之幽情。大漠孤烟，长河落日，江南春草，北国冬雪，燕市豪饮，灞柳伤别。因物寄兴，引类设喻，嬉笑怒骂，爱恨情仇，岂能不飞文染翰、无诗赋以骋怀哉？是故刻烛限韵，裁云入砚，诚不朽之盛事；求田问舍，贪贿无艺，乃致祸之乱阶。从车百乘，未若清诗一首；积粟万钟，何如语流千载？

愿我学子，因诗而智，因诗而雅，因诗而能，因诗而博。且勿背负空名，弃诗向愚，弃诗向俗，弃诗向货，弃诗向权。止僻防邪，风雅不坠。韶华既往，吁嗟何及？纤浓绮丽，典雅高古，雄浑豪放，悲慨精神。含蓄冲淡，自然清奇。辞鄙理乖，必失猥琐。意寡言拙，废学之过；依声合韵，不逾规矩。造父乘舆，坐致千里；去绳弃墨，奚仲不能成一轮。

昔者，鲤趋而过庭。孔子问曰："学诗乎？"对曰："未也。"孔子曰："不学诗，无以言。"鲤退而学诗。他日，鲤又趋而过庭。孔子问曰："学礼乎？"对曰："未也。"孔子曰"不学礼，无以立。"鲤退而学礼。故知圣人教子始于诗。今之童蒙设若既学诵诗，且学作诗，弱冠必思无邪而能言，知礼节而善赋，焕乎有文，蔚尔鳞集，所谓化海濒为洙泗，点愚顽成李杜，又何患乎斯文之不继、风俗之不纯哉？是为序。

胡安顺
2020 年 6 月 15 日于陕西师范大学菊香斋

目 录
CONTENTS

卷六　对联

卷一　五律

五律

江南春雨

赵博文

轻雷云脚落，微雨细如丝。

风起斜飞燕，花飘漾小池。

临窗新点额，对镜淡描眉。

昨日鱼书至，归家今可期。

游绿茵桃园

吴国颖

夏昼寻凉去，荷风阵阵香。

月浓花熳烂，泉秀叶扶光。

云聚鸟声噪，雾随峰未央。

往来行雨客，出没碧桃乡。

春

黎晓欣

绯桃三两树，绿柳吐新茸。

群鸭溪嬉暖，微风粉蝶蒙。

醉眠芳草绿，吟起白云空。

细雨落无迹，新晴彩晕东。

咏桃花

周文倩

寒怯东风暖，花开气象新。

枝摇身窈窕，叶动影纷纭。

妍巧沾甘露，玲珑待暮春。

芳香犹不尽，嵌上美人唇。

蚊

蒋东阳

细听声隐约，苦觅影朦胧。

妻子神情愤，丈夫心气雄。

拍墙何急急，提手亦空空。

回看孩儿面，分明一点红。

赋诗

朱婷

梦醉立高楼，吟诗强作愁。

平居如老叟，提笔复搔头。

千字易归篓，五言难露喉。

风花霜月骤，十字四联收。

赠美人

李昕泽

古云沧海间，芳岛有神仙。

岸芷白汀渚，容姿羞牡丹。

倾城遗世立，空谷息尘烟。

皇帝爱佳丽，多情忘国权。

农愁

刘林慧

细柳绿纤柔，田农对地愁。

新阡无冻雪，老树系耕牛。

狡兔随原走，飞禽下垄谋。

苍天何日雨，润土赐丰收。

棋子

康小丽

情不知何起，一厢而隐生。

碧莲含巧笑，红露晕微英。

郎手柳无意，闺心花有声。

伊人眉眼处，倾国又倾城。

别后

白雅稚

黄昏依落日，壮士赴流沙。

故地草新茂，来年又一茬。

萧关临朔漠，冷水戏寒鸭。

日月蹉跎换，人间冷暖加。

梅

贺雪

枯黄零满地，一朵立垣边。

颜素人稀赏，枝单鸟不怜。

狂风摧乱絮，大雪压弯肩。

唯幸清香在，幽幽天地间。

湖心亭有感

杨晓瑜

契友亭中坐，凭栏听雨声。

凉风扶细雨，绿叶伴黄莺。

山映斜阳色，风吹烟柳青。

日边天渐朗，千壑鸟啼鸣。

忆长门

刘生艳

雀影掠凉巷，扶摇至暮光。

红笺无暖色，倚户望南湘。

朗曲连绵入，丝音间断亡。

朱红何此淡，月是薄情郎。

夏日漫作

张小娜

骄阳抛酷暑，苦夏复难眠。

云影知心意，倾身向我偏。

池鱼映荷聚，鸣鹊袭荫前。

哪日秋来访，清寥也畅然。

赠友别

彭静

一向分违久，南园万里遥。

曾收龙壁砚，亦梦柳江潮。

新曲终朝似，残诗尽可烧。

欲知山里事，问取旧琴箫。

咏玉堂春

张成飞

野鸟低飞过，清风送馥欢。

形如雕白玉，质若抚轻纨。

春色和风去，斜晖带雨残。

门前花已落，问我几时安。

沙丘雨后

贾露莎

寂寂奇峰伴，熙熙馥宝归。

清风阳沐驻，袤土碧波微。

日月沙湖没，金银浅草飞。

心明云霁散，烂漫亦生辉。

年少事

吴怡霏

丁香花下舞，豆蔻年华晞。

恨恨又相思，悔生初见依。

春花落几回，年岁增忧戚。

此后各心宽，愿君多贝玑。

居长安

乔能

我本长安客，心宁是故乡。

晨钟开静谧，暮鼓止喧忙。

雁塔余神秀，碑林有物昌。

人间繁盛地，此处乐无央。

步至东皋

陈俊洁

落日山川下，幽人默默行。

高松疏月漏，叶影入秋清。

小雨空山旷，中秋满月明。

如何归去后，但似客中情？

杂草

罗莉

杂草田园发，农人费力忙。

有谁堪了意，黄土复苍苍。

忙碌何时惬，乱离三载秧。

因怜耕种苦，故惜邑中粮。

剑湖①

董思琪

滇西湖似镜，撒落润山乡。

柳绿波光闪，扁舟野燕狂。

朝阳闪碧浪，夕照衬渔装。

逐浪菱花艳，环湖朗月凉。

注：①剑湖位于云南省剑川县城东南方，出县城东门后，沿金龙河堤迤俪前行六里许即可到达。剑湖以其水质之异常清洁甘冽，堪称镶嵌于滇西北高原上的一颗璀璨的明珠。

游故居

刘佳欣

荒草埋幽径，窄途今愈遥。

斜阳扶老树，归燕入空巢。

凝目循前路，侧身抚后雕。

纵将流水住，不见故人邀。

赠友人

李斌

寒却春来日，与君登玉台。

沿江桃未醒，迎雨柳新开。

回首终端瞬，相知饮畅怀。

聚欢离散苦，勤劝尺笺裁。

渭水怀古

梁雨

五月多闲日，独来渭水边。

老桥生暮色，苍树起云烟。

渔隐犹能见，楼台不复全。

周家八百载，尽在负驮间。

王昭君

陈伟豪

塞北关山外，孤辰月夜明。

琵琶歌塞曲，闻曲雁难行。

悲郁怜缨饰，涟泠染曼缨。

后人佳话唱，播远有大名。

遥相思

秦娟娟

夜半蝉声起，寒鸦隐泣啼。

梦乡催又睡，明月扰眠息。

颔首烛灯案，默吟游子词。

畅怀何日有？花好月圆时。

苦夏行

赵孟茹

晨风随日醒，兀自不长留。

酷暑行途窘，河堤泄汗流。

湮云惊雨遁，蔫色染青牛。

无处平流火，忽忽雪霁游。

山茶

张艳

云山雾气绵，古道有清欢。

燕雀啁啾慢，银针待有缘。

卢仝七碗叹，陆羽化成仙。

袅袅箫声咽，禅心静若莲。

巾帼须眉

胡靓

此世非凡世，魁雄亦本雄。

深深幽梦里，默默雁双鸿。

卸下仙眉郁，重拾壮志兴。

与君共暮雨，醉卧亦心盟。

月

唐小莱

归人探窗牖，兔魄见明空。

去日长安忆，今时故里拥。

幽墙禅客盛，玉宇望舒荧。

古来有骚客，情思对月倾。

夏雨

常晓琳

晨起日明媚，谁知午郁沉。

雷惊天外客，电慑路中人。

暴雨击花落，道边积水深。

风停晴复后，尘尽气清新。

归途暮歌

张雅文

彩裳藏万壑，粉紫共融浃。

鹤立晚江醉，雁鸣天际达。

归帆逐远岫，秋水渡烟霞。

夜幕星河启，虔州应月嘉①。

注：①虔州即今江西省赣州市，作者故乡。

遇台风急雨

陈乔雨

台风连水起，余尾扫虔州。

漫云翻天墨，迅雷惊宿鸠。

扬沙和叶舞，椒豆涌屋愁。

凉气清心魄，妇孺贪再游。

登不高山赏昆明湖感怀

袁玥

漫步翠山下，嬉鸭碧水前。

低山仙者绕，昆水卧龙盘。

倩影暗浮动，清香百里延。

微名犹尚小，盛誉几时传？

八月

李丽

月暗星寥落，蝉息鸟雀繁。

南园花满舞，北苑蔓初攀。

长梦前生事，暂遗今日难。

夜来风渐紧，忽醒泪涟涟。

西塞山怀古

袁子舒

炙火灼难锁，寒江向益州。

碧涛寻故垒，青岭伴空楼。

孤雁悲天远，群鱼慕水俦。

人生一俯仰，功过只春秋。

汶川地震十年祭

吴河茜

天地一倾覆，家园尽数无。

如今行此处，处处立新屋。

遗迹仍犹在，游人难驻足。

献花碑墓上，聊以抚孤独。

夏日有感

刘雪婷

暑夏难为雨，时常问有无。

汲汲初夏至，处处草枝枯。

朝暮蝉鸣闹，春秋气不毒。

天庭开盛宴，血泪世间足。

秋来

李楠

昨夜风兼雨，残荷入醉乡。

秋声由细水，漏断枕孤窗。

碧树斑疏影，黄花泊早霜。

谁觉筋力少，只恐岁华长。

雨后

杨国凤

云消骤雨终，绿水倚新空。

近岸青林淡，远山黛色浓。

晨风拂玉阙，初旭映帘栊。

幽涧鸣飞鸟，崖巅挺柏松。

夏日题雨

曹晨琛

云遮红日去，忽唤甘霖出。

新碧几枝落，飞莺一阵呼。

远天浑墨迹，几案杏笺疏。

雨霁虹生处，听风有却无。

卷二　五绝

五绝

机场赠别

黄杰

岁恐增孤旅，人忧入寂行。

又催离客泪，谁诉老翁情？

夜梦有感

张广明

月升辉下忧，相看去离愁。

辗转未能寐，还乡情满楼。

游南山有感

陈伟豪

四时无止息，花落又花开。

哪似黄泉客，冥冥去不来。

月夜有感

赵博文

月满众星藏，萤飞见夜凉。

独为京口客，孤影梦吾乡。

月下赏桂

赵孟茹

夜曲如微浪，迢迢过玉川。
烟云轻树掩，月下影蹁跹。

迎新春

黎晓欣

东风喧大地，万户彩装披。
炮仗迎新历，团圆岁旦时。

忆旧游

吴国颖

飒沓红椿①胜，寥寥桂树风。

青江行客棹，目送一归鸿。

注：①红椿，红椿码头，地处贵州省黔西南州兴义市。

夜雨

周文倩

桃花一树秾，春笋万枝丰。

夜雨临窗散，晨风看落红。

初夏

蒋东阳

繁星明夏夜，炫月耀平湖。
乍暖风微热，低尝酒一壶。

春雨

朱婷

梳洗垂杨柳，催妆新叶芽。
过江平堰野，入海逐堤沙。

立冬

康小丽

细雨又生凉，银辉木叶黄。

深秋似过隙，初雪满枝香。

初逢

白雅稚

微风潜入户，野景一时新。

荞麦埋头卧，含情送远人。

夏时清景

袁子舒

葱翠绕成排，银辉映小苔。
鱼游戏竹影，荷气送香来。

秋

杨晓瑜

醉卧深秋里，漫山枫染红。
不闻林语响，唯见雁翔空。

山中闲居

张小娜

汲泉煎苦茗，挽柳动春风。

无事扫山雾，钩帘与月逢。

带湖有感

彭静

孤鹜寒江水，残霞映落晖。

平生无憾事，老死停酒杯。

寻归

钟小宇

风吹秋叶落，星坠夜空沉。

雨起忽逢至，梦醒何处寻？

仲夏即事

张成飞

祝融鞭火烈，炎焰满云天。

日照未辞去，坐来蒸甑前。

青莲

贾露莎

熠熠鲜枝叶，绫衾接碧波。

莲随风影动，袅袅满香罗。

夏夜

吴怡霏

仲夏夜开轩，遍天星已繁。

清风入万家，明月照溪源。

夜听雨

乔能

昨夜雨潇潇，心怜花蕊娇。
狂风终不解，古木尽飘摇。

夏日绝句

陈俊洁

滞雨蓉城夜，愁随宿醒留。
拂窗新树色，日照锦江头。

山居夏夜

董思琪

夜凉星宿灭，林暗火萤微。

掬月弄花影，清溪芳满衣。

远别离

曹晨琛

一山又一山，万转复千弯。

旋入青山远，佳期盼汝还。

咏茶

刘佳欣

玉沫泛金露，一凉消灼焦。

绿华片片沉，能使积愁消。

游湖

李斌

眼入荷花净，湖驱夏日炎。

游人信步赏，莺鸟不知眠。

七月二十九日风雨作

梁雨

风云横九域，雷霆破天京。

大道何苍莽，天街我独行。

霜降

张艳

貌苦斜阳应，霜白柿已寒。

黄花愁露重，飞雁过南山。

炎夏忆凉

胡靓

赤赤苍穹日，灼灼碧水波。

常思清爽夜，最是故乡多。

夜半遣怀

常晓琳

残月两三星，灯熄流暗萤。

孤愁难以寐，窗外影伶仃。

武功山日出

张雅文

缓缓朱曦探，乍惊旭日攀。

云腾涌千嶂，不负夜登难①。

注：①武功山位于江西省中西部。作者姐妹二人至武功山脚下遇暴风雨，致使登山延期。待暴雨停止再登山时已是黑夜，途无他人；且天尚有小雨，遇狗吠，惧之，故言夜登难。

末春

李昕泽

风来凉雨至，花落水流红。

最是春浓日，蒙蒙晓梦重。

晚兴

李丽

日晚蝉声起，西窗骤雨袭。

更长入眠短，横卧自凄戚。

将行

梅菊

踏歌拥驿亭，白露晓将行。

云扰月无定，相思覆耳倾。

梦忆

贺雪

风吹蛮地冷，雨下落无停。
曾至如云境，徒留梦醒情。

唐克落日

吴河茜

黄河九曲源，天下第一湾。
落日云中掩，余晖万里传。

雨中

刘生艳

酒暖闲听雨，啾湄水雾迁。
竹间清啸过，却未扰池鱼。

暑去

李楠

月满风情顾，池低碧草怜。
若如今夜景，何处不得眠？

卷三　七律

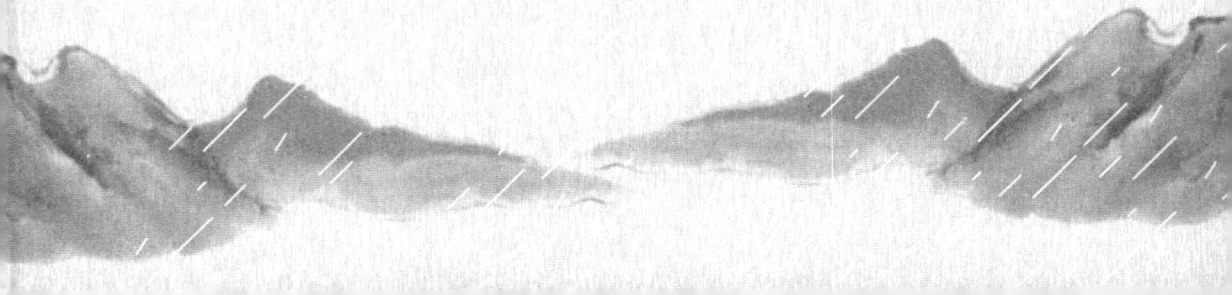

七律

过河东访友人

李斌

冬暖晴澜望欲迷，小桥延袤独扶藜。

遥山一派烟光接，近郭千家爨火齐。

南渡法开传苇筏，东陵圃尽入招提。

攒眉而去非因酒，何事吴公出虎溪。

忆江南

张广明

江南春月花期长，归燕还来空有梁。

白见底珠吟耳野，谁家有雨水天裳。

旧时似去连今日，同社如新入万方。

寒玺未消随玉锦，只留韶语暮年康。

山行

陈伟豪

青峰迭迭连天碧，路远林深少客游。

远望星辰明皎皎，近闻群鸟语啾啾。

老夫独坐赏杨柳，稚辈闲居念白头。

可叹昔年如往日，此心归去水东流。

春

赵博文

日暖草生天色净，春城几处绿初齐。

水澄杨柳时时舞，云淡娇莺阵阵啼。

藤叶青新缠野寺，桃花红浅映山溪。

小池忽漾东风起，吹得纸鸢过岭西。

游金州

吴国颖

杜若送香人恋逸，海棠春睡日迟迟。

莺栖汉树惊佳梦，鹿跃轻烟觅玉枝。

燕子洞穿寻画色，三清河渡着青漪。

放歌塞上须吟酒，水气侵衫入旧炊。

离别

黎晓欣

晨曦古道日蹉跎，昨夜微霜初渡河。

鸿雁何堪冷如铁，云山况是客中蹉。

关山枫树催心老，夜半钟声向晚多。

驿站津边多泣别，天涯彼此几时和。

古城

李昕泽

明月花灯照叹息，西江羽调断情长。

熏风拂柳绵绵意，甜酒花糕阵阵香。

墨迹红墙情字老，苔痕绿水细娘芳。

流年斑彩青梅马，直引良宵各尽觞。

草

刘林慧

风霜历尽换新装，循迹青山小道旁。

半点春晖千壑暖，几经甘雨满坡苍。

行人踩踏身犹健，烈火焚烧志未央。

热血满腔迎大地，天涯何处不芬芳。

夏

康小丽

沈沈等待无期限，木槿迷离不肯眠。

柔淑纤云何自束，凌霄而上欲穷天。

星辰昨夜满天闪，花絮今朝万里仙。

夕景西垂无限美，晴空爽浸染霞烟。

昆明湖

程田田

长亭静静碧湖边，阅尽情仇数十年。

春响鹤群秋泛絮，昼巡鸳侣夜安眠。

书生最念题名后，游子频伤入梦前。

把卷难寻颜似玉，鞠躬尽瘁慕前贤。

蔷薇

张小娜

朝含玉露换颜色，夕弄丹霞衣彩裳。

夜雨薄情还复至，芳魂倩影带残妆。

可怜朵朵花开早，何况遥遥夏景长。

相赏葳蕤须早赴，等闲直叫色空亡。

还影

钟小宇

疏桐初歇轻舟荡，春色微消苔绿藏。

杳杳飞花扬暮色，悠悠孤笛满扶桑。

月盈月缺芳华逝，人合人离情义长。

庭院尽头风雨落，星辉倾洒我思伤。

咏向日葵

张成飞

破土昂然向天际，好穹自幼识阳光。

盈园欢靥何欣悦，倾日抬头不漫狂。

蜂蝶勤飞花酿蜜，葵盘慢转籽生香。

虽非青帝座前客，尤为众生笑态常。

暮雨

贾露莎

溪风寂寂入新蕊，雨过春城落乱花。

湖畔径微人迹没，幽山路泞鸟痕瑕。

刺玫忘语倾身探，木槿深思泣自姱。

抚案轻烟添暮色，沉吟忽转叹芳华。

夏日午后

吴怡霏

楼高水冷夏瓜香，绿叶遮炎花下凉。

绿树阴垂人卧处，爬檐蝶伴入幽堂。

轻摇罗扇诗情动，慢卷书文翰墨芳。

帘外密林风过响，声声催梦散衣裳。

赏荷

乔能

轻罗斗帐难成梦，夜秉长灯临照姿。

碧卷莲田千顷浪，红渐菡萏两三支。

凄风苦雨休来扰，朗月清荷正得宜。

怎敢高声花下语，明朝只恐去时迟。

北国冬景

乔能

非是撒盐差可拟，北乡冬月雪飞旋。

千山起落银蛇舞，万水蜿蜒玉蟒眠。

几孔老窑凝远处，多重新雪缀眉边。

稚童不觉天寒彻，执帚堆纱闹树前。

荷风

曹晨琛

青钱零散浮池面，濯濯微波剪剪梳。

明珠蘸叶点点泪，细雨沐风悠悠蕖。

不愁嫩碧才平水，自有圆阴可蔽鱼。

答答藏娇犹在底，芳心一束待君居。

夏雨夜游

刘佳欣

欲挑孤灯半晕黄，春闲一日自依旁。

空余影乱鹊归舞，但见横波流素光。

噤语犹忧惊鸟走，裹持因惮踏芳伤。

野田胜景原无数，且去红尘聊种桑。

居秦有怀

黄杰

未曾览尽秦川地，独醉危楼忆旧年。

一道霞光铺影后，半轮残月下天边。

人生辗转终归去，白发追思莫等闲。

若问沉浮多少事，勤学君子手中笺。

庞统祠咏古

梁雨

鹿头山上将军冢，千古英雄气自全。
苍木含悲何怆怆，苦池无致尽潺潺。
赤石几下连环锁，落凤坡前白马还。
贤士若存龙凤佐，汉家复兴入长安。

望儿归

秦娟娟

惊雷带雨闹孤影，几度梦魂劝子息。
晨起鹊鸣尤婉转，欣闻信语欲归栖。
束装除秽炊烟起，望径闻声步履急。
斜影斑驳盈暖语，笑颜合乐故园怡。

杂感

赵孟茹

庐窗绮枢闲来坐，远避前文渐后言。

花自轻摇无旧故，云随怒咤有新缘。

长空淡墨泼丘树，野地浓香戏洞鸳。

料想疾风惊骤鸟，须臾添减两眉宽。

小镇

张艳

归时恰是晚晴天，半岭轻烟绕管弦。

翠幕熏风遮闭眼，花糕馥郁忆香甜。

隔街墨客吟风月，远岸孩童放纸鸢。

有燕双双还旧舍，谁人曲调正缠绵。

春临古都

胡靓

春风带雨过千苍，遍望悠悠绿意长。
万壑含情出碧水，千峰有语道斜阳。
海棠吐蕊待争色，木槿含苞欲放香。
路客流连应为赏，多情自古是书郎。

暮

唐小茉

炎炎烈日留长夏，缓缓清风等暮云。
自古红颜相顾笑，从来皓首尚思存。
七人竹圃相随去，五柳桃源不意寻。
年老笑颜何处展，身围嬉闹少年群。

仲夏感怀

周文倩

夜空初霁几只星，杨柳烟姿堤上行。

淡月蝉眠疏影转，平湖蛙唱漾波惊。

四围墨韵临窗秀，一夜槐香入梦清。

自古醺风多倦意，杂尘涤滤自心平。

知行

周文倩

酒罢掷杯身启程，一帘霜雪笑相迎。

山高应悟胸襟阔，水远方知眼界明。

无语残花飞送客，长吟暮雨欲留情。

欣闻易入三更梦，达智更需万里行。

远山

蒋东阳

雨霁长空洗净尘，远山凝语却含颦。
晴岚半扫青眉俊，暖雾时遮雪鬓新。
无赖似君偏妩媚，多情如我费逡巡。
相思不觉斜阳晚，留看岭巅一线银。

咏太阳花

常晓琳

枝挺苞葱吐蕊黄，满园娇面向初阳。
蜂虫蝶鸟争相竞，摄影写生人览芳。
风雨飘摇无复挺，阳光斜照又高昂。
秋声渐近悄垂首，风起平添籽粒香。

叹城郊推山建楼

陈乔雨

昔日凭栏极目望，远山如黛水眸横。

从前还顾川林隐，当下只见高厦青。

造化万年碧水尽，庸人一朝秀峰倾。

层楼迭起几时止，后世哀声飞鸟惊。

感于《题西太一宫壁》

朱婷

采捃半山诗两句，萦袅纸笔语三行。

望三十六陂波荡，催四十八年断肠。

柳曳蜩鸣花簇放，衿湿唇启玉音扬。

白头易扰虚前景，迷眼忽觉在故坊。

夏夜勇斗蚊蝇

袁玥

暮色昏昏夜已来，农家灯亮小庭白。

蚊蝇蜂涌乱寻亮，密密麻麻惹叹哀。

爷父厉声难赶去，妇儿挥帚更飞来。

群鸡梦醒争相至，叩首轻啄满地灰。

孤醒

白雅稚

红尘坎坷多歧路，僻径恶途宜守心。

尚善当除身自病，持书莫敢背皇恩。

仁人少智抚琴瑟，义士无谋蔑逝阴。

乱冢成沙漫天际，遥思可否到而今。

游流坑古村①

张雅文

天地熔炉荷月暑②，千年古意翰林乡③。

悠悠碧水尚浮影，袅袅垂杨犹带妆。

煊赫朱祠载先史，鹅石青巷诉幽肠④。

欲寻人舍今安在，隔岸平湖泛棹凉。

注：①流坑古村是明清古村落，位于江西省抚州市，董仲舒孙辈始居于此。②指天气酷热，人间犹如一个熔炉。③翰林：文士。抚州多才子，自古有"才子之乡"的美誉。④此处系董氏大宗祠被兵火所焚一事。

期末闲记

李丽

七月长安淫雨洒，数天不霁黛云凝。

园中嫩叶全然落，树上鸣禽尽数惊。

只可梦中寻快意，那得人世避孤清。

从今若许闲乘月，独步山原看斗星。

雨

梅菊

欲将浓睡灼炎换，忽有惊雷云里牵。

天外轻虹竹上点，林中鸣鸟叶间喧。

旅人切切寻归栈，飞燕急急归画檐。

卷地风来天向晚，门前小岭罩薄烟。

乡愁

贺雪

梦中人去踪难觅，时历秋风正覆霜。

窗下皑皑桦树白，门前隐隐蜡梅香。

肤接冰水更寒彻，魂到云山亦梦长。

欲谱鸳鸯一对对，水中月影变双双。

久暑大雨

袁子舒

晴色忽沉乌玉碎，风雷乍起爽如秋。

雄关嘶马声逼耳，东海腾龙浪打舟。

珠玉击节湿羽棹，银丝翻舞断箜篌。

倏然翠色青烟里，天际彩霞斜映楼。

归途观花有感

吴河茜

笑语欢歌整箧囊，乘风傍月返家乡。

途经疏影香积道，鼻入芳馨泥土香。

初见还应闭月貌，离别已易向阳妆。

年年岁岁月如旧，岁岁年年沧化桑。

相思毁

刘生艳

晴天淡起烟花雾，云锁重楼帘暮依。

春蕾含苞疑似笑，秋华泫露仰如啼。

离歌轻叹随君去，薄酒慢酬使我迷。

最是人间难舍弃，朱颜已碎镜空遗。

咏梅

陈俊洁

冬风彻夜繁花尽，不似春风万树生。

不畏风霜寒冻骨，飘摇花蕊艳残英。

无心苦作群芳主，不料天承玉骨灵。

月漫枯窗风与雪，香侵蜡火满书盈。

归家

杨萧钰

连绵冷夜那堪度，骤雨狂风惹断肠。

去岁离家来塞北，长河漫漫古城荒。

胡琴瑟瑟美人舞，羯鼓雷雷战马狂。

只是桑麻风又绿，千山万水归途长。

曲上高楼

李楠

江摇落木琼楼起，帘卷秋风乌焰西。

檀板击节趋碧落，丝桐寄语陟天玑。

裁歌半阕南柯梦，问曲一折金缕衣。

未挽流音翠幕湿，谁知白露今朝晞。

千狮山①

董思琪

百年沉睡贤云岭，一夜惊怀归寺游。

各态群狮遍幽谷，陈公妙笔着千秋。

石龙雄踞孤燕立，苍木缠藤野草悠。

兴庆门前枯梗绕，五云楼下碧溪流。

注：①千狮山，距离云南省剑川县城三里；千狮山雕塑有三千多只千姿百态、栩栩如生的石狮。

戊戌年五月廿七登不高山抒怀

杨国凤

雨消风逝喜登山，小径深藏草木繁。

落尽香红泥掩絮，湖边万树晚鸣蝉。

静听亭里望飞鸟，遥感故乡云似烟。

来日将归心雀跃，夜学古语也觉甘。

卷四 七绝

七绝

春日

李斌

长安四月芳菲尽，一地残红见爱怜。
正是春时归旧燕，好书读尽向黄鹂。

长安忆

陈伟豪

数月长安青涩改，今还乡里雨声来。
故城花海争相采，绿绮归期不可猜。

小池

赵博文

向晚池塘水波漾，蛙鸣余韵上苔阶。

闲乘小棹采莲子，风送荷香入我怀。

初夏有感

赵孟茹

清凉径覆修平月，翠色昏遮润晚灯。

露漏风沉听夜曲，酒持梦浸越青藤。

金州朝景

吴国颖

燕立春花尝艳露，晴岚欲泛过青山。

茶依桂树生香气，日出云楼照客还。

忆江南

周文倩

千姿百态柳丝摇，百媚娉婷花叶娇。

黛瓦青苔环水巷，浅香春绿过烟桥。

初夏起夜

蒋东阳

觉来但见锦衾斜，月色琉璃欲透纱。

明旦谁先知节候？隔窗今夜始闻蛙。

春

常晓琳

已是春归三月天，百花齐放竞争妍。

飞红晓认东风面，尚系深情百转旋。

游古道

李昕泽

月色如银碧水流，江城画影荡轻舟。

云台醉染千峰秀，古道茶香万缕幽。

玫瑰

刘林慧

身披刺甲露锋芒，独占风光百里香。

叶绿枝青花旖旎，筋坚骨硬乐铿锵。

夏之吟

康小丽

夏雨微凉不羡秋，晚来还傍木香游。

今朝花意胭脂嫩，一抹清香曲更幽。

子夜

杨晓瑜

零点星光留夜边，纸书笔墨在窗前。

欲倾心事不曾见，常是孤灯夜半眠。

寒雪

彭静

故年寒雪未融迹，一树红梅又绽芳。

莫盼啼莺游蝶闹，雪泥数朵画新妆。

凤凰劫

钟小宇

十里红莲凤凰扣，千年惊梦影光惆。

芰荷酒苦灯花旧，瑶水池空缘更幽。

初夏

吴怡霏

梧桐叶密落浮光，绿树浓荫气乍凉。

五月榴花燃似火，熏风初起去炎阳。

买瓜

乔能

日高人渴无阴处，路转溪旁现小棚。

皮绿瓤红浆饱满，剖开且为客相迎。

石宝山游记①

董思琪

刻石听钟禅味妙，载辉镂月水山灵。

百池龙嶂星河耀，绝壁天成云海青。

注：①石宝山地处云南省剑川县城西南约25公里的沙溪乡境内。这里林木茂盛，石趣无限，庙宇别致，景色独特，尤以石窟和摩崖造像而声名久远。

送友人

杨国凤

清风半缕舞旌旗，古道长亭送友离。

路转山回君远去，天涯望断盼归期。

有寄

曹晨琛

曾听涛与平沙印，此刻相逢隔海涯。

幸有余温封半纸，他年留待着梅花。

夏夜有怀

黄杰

独醉危楼眺四方，轻梳乱鬓泪沾裳。

可怜夏夜繁星盛，谁告几颗照旧乡？

游香积大道

秦娟娟

雾雨朦胧水气寒，乱泥嗤笑落红残。

丛间信步闻私语，心绪凌波怎婉言。

师者

胡靓

善育英才不索夸，师心授业为千家。

胸藏万卷通今古，润物无声发萃芽。

雨中观蔷薇

陈乔雨

蔷薇四月攀栏笑，雨舞秾华香抱枝。

携伴归来撑伞望，杂英褪尽绿茎湿。

晚年

朱婷

白鬓轻贴书页褶，银丝嵌入镜奁盒。
半生沦作异乡客，岁暮听聆桑梓歌。

生离别忆重慈

袁玥

晨烟缥缈灶间乐，夜雪皑皑地下哀。
人世还留难了愿，可怜人去岂能来？

四季物语

白雅稚

棠梨簌簌彩蝶飞，陌上桃花盼汝归。

但爱雏菊留爽色，应怜嫩桂孕春辉。

雨后

李丽

夜雨初息渐晓烟，群峰望水水接天。

春江近日无人渡，几树桃花满落船。

夏日忽觉

梅菊

浓雨乃觉春已分，昼长方省夏时深。

欲缘流饮觅凉地，浓叶满枝喜煞人。

过大明宫①、华清池有感

张小娜

太液池中红菡盛，飞霜殿下绿梧浓。

昨朝帝苑隔墙望，今日游人笑语声。

注：①太液池位于唐长安城大明宫的北部，是唐代最重要的皇家池苑。飞霜殿位于华清池九龙湖北岸，曾是唐玄宗和杨贵妃的寝殿。

月下梨

刘雪婷

相逢几度忧愁在，巧笑蝴蝶旧恋苔。

飒飒影清风欲醉，又疑新雪应时来。

长安夜雨

陈俊洁

无端旧梦惊人醒，夜雨愁滴最断肠。

不忍怀忧独自叹，唯知此夜倍思乡。

出塞

李楠

角吹瀚海繁霜起，马踏孤城残月迟。

且怨风吹折柳曲，不识雪暗望乡时。

卷 五　词

词

渔家傲·晚莲

张广明

碍月鬟垂无半桨，只凭入坠池泥上。笑处徘徊莲叶广，人共赏，东君无数三阳往。

婉转浪涛为首况，何人频照金鱼挡。万井弹琴嗟密宕，莲花放，柳垂坐晚人相望。

霜天晓角·梦

陈伟豪

花枝洁叶，罗袖何人倚，歌舞酒巡一颂。一别梦，一别意。

岁岁，忆昔寐。朱颜不再易。君不见长安道，一回病，一回喜。

忆江南·春

赵博文

东风起，花叶满山川。粉蝶双飞缠嫩蕊，黄鹂初啭绕新园。闲坐半成眠。

相见欢

赵孟茹

夜来花落低楼，欲知秋，无奈风吹窗雨乱心头。

树半朽，绿渐瘦，恁何留。万里天涯，秋水过轻舟。

长相思·同窗

黎晓欣

别同窗，见同窗，飞韵歌风万丈狂，豪翰点苍黄。

暮开张，朝开张，进酒重酣风气飚，更分狂菊黄。

采桑子·闲日

张艳

掀窗帘角风依旧，天气重阳。蝶粉馨香，欲试罗裳画淡妆。

园中佳景如尘梦，飞絮荷塘。燕过双双，一院春愁忍泪光。

武陵春·破邪

吴国颖

斜倚当归愁入酒，日暮对江秋。满地红衰翠减收，燕去物华休。

迢递三冬今在不，欲语渡长忧。诵尽行难过蜃楼，醉卧泛木兰舟。

踏莎行

周文倩

攘攘尘嚣，生生昌盛，星移斗转人仍省。月圆花好满池鱼，时光不老春眠请。

无奈风寒，凄凄还冷，骄阳送暖云横岭。晨钟暮鼓梦魂惊，琪花瑶草知谁等？

醉花阴

蒋东阳

一觉忽醒三更倦，流荧屏中现。喜鹊闹林间，醉眼迷离，酒尽人清看。

黯愁欲作流云散，星影流台案。静噪自繁堪，车马匆匆，何处寻欢叹？

浣溪沙

李昕泽

凭眺月移枯影处，孤愁所谓婵娟睹。无向湿风吹几许？

凉兮痛意催悲絮，醉酒喃歌人未属。数种风流随酒去。

卜算子

康小丽

顾望回首空，寂寞殇何惋。昨夜长安不歇雨，落花流水艳。

月圆情憔悴，窗前人心慢。思绪迷飞似梦魇，往事何能怨？

如梦令·思

白雅稚

常记初逢锦里，别后书中唯你。宛若久相离，留憾无缘知己。苦记，苦记，梦里总生欢喜。

鹧鸪天

李丽

古韵还需玉指弹，阳关旧曲付琴弦。清音自有相思伴，和韵难无心梦牵。

千里外，玉门关，红笺难寄杳如烟。琴声惊醒三更月，轻抚闲愁难尽欢。

相见欢

梅菊

凄风苦雨轩窗，雾茫茫。莫若南堂沾醉，又何妨？

死生转，阴阳断，散离场。却道半生独望、酒千觞。

如梦令

杨晓瑜

夜梦月冷枯树，更伴冰霜寒露。顾首盼行人，又见茕茕白兔。何处，何处，莫问前程归路。

菩萨蛮·夏秋语

刘生艳

朝霞池里余晖洒，故人方入眉深画。相忆两分茶，随风看落花。

敛容含泪啜，秋野蘼芜少。环珮恋芳华，弦断语啁哳。

阮郎归

张小娜

婷婷袅袅十三余，朱唇粉颈酥。眉长眼细醉颜初，莺声笑语舒。

新嫁妇，与曾殊，经行坐卧孤。织裁才罢做羹蔬，眉峰结怨书。

西江月·夏夜有感

彭静

坠月星辰难暑，繁花凝露阶尘。凉风夏晚在清身，玉漏飒风氤氲。

墙外稚子笑闹，钿头吟舞调贞。与疏无事遇何人？突遇雷声天震。

竹枝

钟小宇

流年累世引华胥，封存古道葬丹书。

天净沙·春

张成飞

春江碧水青山，昵鹃莺语飞天，浅草群花垄间。细烟锁柳，小溪苔碧潺潺。

踏莎行

贾露莎

细雾蒙蒙，凉风阵阵，花香袅袅春来衬，重峦雾绕嵌千山，游人乐看桃花艳。

但掩愁眉，还遮脂粉，衣衫累琐愁容忍，微斜目倦驻村前，归来又念寒烟淡。

长相思·汉水

吴怡霏

洛水流，汉水流，流到秦巴亦不休。江边数小洲。
水悠悠，思悠悠，忆到王侯高殿楼。事人皆入流。

西江月

乔能

溽暑沉沉难起，懒慵素手凭栏。断鸿声里
忆流年，回首当时唯叹。

明月藏身云下，繁花弄影篱边。昔年犹是
梦中欢，醒转描眉未半。

如梦令

乔能

暂伴长安明月，十里街亭高阙。取酒与
君温，休管远山难越。风雪，风雪，行路且
休心蹶。

如梦令

陈俊洁

昨夜风萧萧处，谁伴青灯独住。灯尽欲眠时，依旧相思无数。何故，何故，情断难忘心路！

梦江南·离人泪

李楠

离人泪，泪断赤阑桥。风露何知惆怅意，可怜杯酒立中宵。无故惹红蕉。

如梦令

董思琪

日暮疏弦轻奏，洒洒孤帏微透。独自醉珍筵，漫载琐愁眉皱。且候，且候，小苑物华如旧。

山花子

袁玥

妻走郎留柳岸旁，朱唇传忆断愁肠。满树落红谁相伴？念悠长。

杨柳依依南雁起，寒来暑往盼卿康。何日倚栏观日落？两茫茫。

如梦令·樱桃

黄杰

闲看樱桃树角，无限霞光远眺。院里百花娇，蝶影成双厮闹。弄巧，弄巧，莫忘作歌相调。

如梦令·醉里他乡将宿

黄杰

醉里他乡将宿，追忆黔川飞瀑。独叹雁行孤，望断终南烟雾。独步，独步，明月当随何处？

采桑子·元夕

秦雨

华云初上纹江畔，听醉人暄。心有红鸾，
缱绻情思絮絮喃。

残烛不尽陈浊鉴，恍见余欢。倩笑无眠，
心盼湘君悄悄还。

如梦令

秦娟娟

偶见一隅江沚，粉蕊弄香新髻。盈漫惹
花蝶，欲掩残妆旧翼。残妆旧翼，还愿衣华
纹丽。

卜算子·故人不故

胡靓

黎曙接朝泽，皓月除夕暮。谁见佳人容颜旧？却是心归处。

沧海未曾枯，只愿桑田故。若问何时是初见，寂寂何堪住。

南乡子·友

唐小菜

骤雨停闲，凉空谧午榻松眠。旧友奔忙失九域，期逢聚，浓酒红腮诉款曲。

如梦令

常晓琳

又忆昔时来路，夕照斜阳盼顾。车动影遥茫，耳畔声声叮嘱。一幕，一幕，满面泪流无数。

如梦令

张雅文

忽忆小楼听雨，吟韵莞邀云缕。叶染碧溪幽，袅袅青烟几许。归去！归去！山映残阳如玉。

少年心

陈乔雨

懒起对镜薄扮。理归期、不时将返。是鹧
鸪声里叹，乍山水转。再返里、朔雪衣寒。

父母眉梢霜染。女各走、海天聚散。短聚
长离别，真情难掩。谁教我、能永驻红颜。

苏幕遮·夏

朱婷

笋成林，梅落蒂。翠木婆娑，鸟雀林间戏。
独有青蛾临榭倚。吹皱轻纱，蕉叶连风起。

鬓云消，鬟雾匿。许念良人，溽暑披麻役。
落尽山光云渐徙。莲影重重，好梦蝉鸣已。

蝶恋花 · 旧忆

贺雪

乐戏原中思处久，一片笙歌，酒味轻盈袖。一夜秋声雨风骤，梧桐叶落难逢旧。

红尘风月残蚀锈，霜染青丝，感忆仍依旧。不悔今生难拥有，残阳照尽别情瘦。

西江月

袁子舒

窗外千灯夜放，悠悠辗转难眠。琳琅乡里意阑珊，明月照人寡淡。

暮里清茶半盏，萦萦何事为难？不知愁字绕眉尖，入梦足趄几遍。

蝶恋花

袁子舒

旧墨寻出新落笔，野树孤村，山雨难知意。一纸离情提扇底，故人别去烟云里。

应待熏风随我觅，山寺楼台，美酒霭桃李。并辔塌芳春可戏，纵情漫话谈天地。

点绛唇·学拌寒瓜

程田田

学拌寒瓜，切平盘不休红口。绿皮红肉，姊弟难争够。

客望父来，抱走藏阁后。偷回首，巧嘻快走，却把汤匙守。

江城子·汶川地震十年祭

吴河茜

十年生死两茫茫，汽笛伤，泣声凉。遗址尚存，望眼尽沧桑。犹记川西多祸事，怀蜀道，祭国殇。

新居重建旧楼旁，缅家乡，寄怀章。明镜悬湖，沿路可闻香。十载春秋皆已去，经磨难，定兴邦。

离人愁

李楠

离人愁，愁煞春城花。东风难解相思意，云月徒留枝头鸦。遍吹芦管斜。

渔家傲．临江怀古

杨国凤

雨打芭蕉天渐暮，风拂柳絮春难驻。不见昔年司马赋。围冢墓，空临百尺长门处。

薄日蝉鸣催老树，新荷锦簇残英妒。晓梦还乡多顾鲁。青衣素，何夕畅笑归曲阜。

卷六　对联

对 联

题凌云山

李斌

山风岚岫入连嶂，

日月明辉照夕林。

题向山

张广明

山影叠双，蔽隐烂盈深念厚；

水光潋滟，长河鱼雁跃星辰。

题庞统祠

梁雨

鹿头山上，苍松独泣怆；

赤壁矶前，名士真风流。

题伊犁果子沟

陈伟豪

彩霞夕照染诗画，

翠柏劲松撑九州。

题山野柴屋

秦娟娟

扉门陋室，住天外客；

绿水青山，藏海边云。

题敦煌莫高窟

赵孟茹

古道寻来沙唱迹，

莫高留住玉门情。

题桂林山水

黎晓欣

万柳成荫，潇碧多姿，绿醉岸堤农户；

千峰竞秀，象鼻低坠，静吸日月精华。

题金州

吴国颖

万峰成林，三省画廊，峡谷甲天下；

万水竞汇，西南形胜，奇香冠九州。

题翠华山

李昕泽

踏赏望峰岩，万象还输峻秀；

登高逢竹柏，四时依旧葱茏。

题老爷山

白雅稚

娘娘山上娘娘怯，

姥姥溪边姥姥歇。

题陕西师范大学

袁子舒

上苑竞驰场，四方天地踏风独快；

曲江流饮池，一砚水云挥翰亦醺。

题师大北门广场

刘雪婷

望穿秋月，竹林飞鸟接云海；
看尽石渠，活水源头转星河。

题金银滩日月山

贾露莎

金银滩里掘金银，叹人世冷暖；
日月山上观日月，惜气象阴晴。

题峨眉山

陈俊洁

登绝顶，白云遍地无人扫；
览远天，皎月空轮有叟携。

题石宝山歌会

董思琪

弦歌盛会山花俏，

曲调妖娆彩叶飘。

题图书馆

刘生艳

月色藏书气，

星光耀文心。

题玉湖村

曹晨琛

山青水碧云飞白，

夜静风柔梦添香。

春雨晴天

赵博文

细雨疏疏天色净，
清风暖暖百花浓。

春色满园

张艳

堂前檐下莺歌燕舞，
台榭亭边柳暗花明。

师大之魂

胡靓

积学守雅师德念，
励志敦行范者先。

师大乐园

胡靓

园丁哺育拂春望，

蓓蕾含苞绽四方。

纷世寂人

唐小菜

月半临池喧嚣世，

花繁绕院孤独人。

闺中佳人

周文倩

锦鱼逐梦惊红粉，

佳丽销魂画素妆。

潇洒墨客

蒋东阳

美酒豪情听风雨，

诗书纸砚看中兴。

及时行乐

常晓琳

滚滚红尘多困扰，

悠悠岁月自逍遥。

才子佳人

张雅文

长继唐音宋调弦歌，雁塔多良俊；

久濡竹魄梅魂风骨，杏园溢玉颜。

田园风骚

陈乔雨

朝花含露明霞曙，

倦鸟归林暮色斜。

夏晴秋雨

朱婷

噪蝉鸣，木蔽阴浓，晴日朗；

孤叶落，花残风冽，雨宵长。

有无相生

袁玥

说有似无无中隐有，

道无犹有有里含无。

夏往秋来

刘林慧

窗里窗外繁花明艳，

树上树下落叶无声。

光阴如水

李丽

狂风漫卷小荷浮水，夏将老；

骤雨倾袭落叶沉泥，秋已临。

浩渺河山

梅菊

塞北孤烟，古道疾风折草；

江南静水，断桥微雨飞花。

春华常在

贺雪

一年四季春常在，

万紫千红蕊不凋。

斗转星移

杨晓瑜

万里龙腾天地变，

千只鹤鸣九霄喧。

万物有灵

张小娜

一寸横波承日月，

十围远树送春秋。

花日新酌

彭静

朱弦改，樱桃酒下醉；
绿蒂繁，梅柳池中啼。

春日思还

钟小宇

终南山上雨无尽，
漠北塞外人未归。

喜迎新春

张成飞

爆竹声下别昔岁，
桃符帖上迎盛春。

卷六　对联

两处相思

吴怡霏

伊人卧看碧纱窗，灯闪闪；

君子倚坐朱漆栏，月幢幢。

长安盛景

乔能

雁塔晨钟惊世事，

灞桥风雪诉离愁。

不可貌相

杨萧钰

有花香处无粮草，

腐地日长果自来。

贫苦人家

罗莉

月灰星闪晴空夜，
清煮粗茶把话聊。

乾坤俯仰

李楠

炎凉世事显公义，
锦绣山河成凤章。

清风霁月

杨国凤

月逐云雾云逐月，
山围水流水围山。

后 记

　　本书所录古诗词及对联均为陕西师范大学文学院汉语言文学专业1602班本科生的作品，这也是该班学生在《古代汉语》课程实践环节的研习成果。《古代汉语》课程是中文系学生的专业基础课，该课程对于培养学生阅读古籍能力具有非常重要的作用。阅读古籍，既需要学习文字、音韵、训诂、句法、修辞、文化常识等多方面的知识，同时需要综合运用运用这些知识，这样才能够在阅读古籍的基础上传承优秀传统文化，进而培育学生的语言创新能力。这应是古代汉语课程理想的教学目标。创作古体诗文能够使学生深切地体会到汉语的历时演变以及文体差异，真切地体会到汉语的形式美与和谐美，也能够提高学生的语言文化素养，增强学生的民族文化自信。因此，创作古体诗文应是《古代汉语》课程一个重要的实践环节，也是培养和提高中文系大学生语言综合素养的一种非常有效的方法。

　　语言是思维最重要的工具，对思维具有极其重要的影响。语言能力反映一个人的认知能力。随着汉语的发展演变，我们今天所通用的汉语已经不是古代汉语课程中学习的文言文，也不是魏晋以来的古白话；而是一种自明清以来逐渐形成的经五四新文化运动大力提倡的现代白话。"'五四'时期文白的转型深刻广泛地影响了我们整个民族的思维和说话方式，成为中国文化由古典形态走向现代形态的起点。文白的转变不仅是一种语言现象，也是一种文化现象，涉及到社会的发展和人们思想观念的转变以及价值观念的更新等诸多方面。"[1] 然而，转变并非断裂，现代汉语是古代汉语的继承、延续与发展、创新；无论是在文字、语音、词汇、句法、修辞等哪一个方面，它都和古代汉语有着无法割裂的血脉传承关系。中华民族传统文化的宝贵遗产绝大部分是以文言文和古白话这样的古代汉语为载体而记录和保存着的，而且古代汉语中所蕴涵的认知方式和认知特点还依然在深刻、广泛而又无形地影响着我们今天的思维和表达，以至于现代汉语中那些典雅的表达形式也往往又倾向于依赖文言文或文白夹杂的形式；因此，我们需要体悟和研究汉语史上曾经出现的那些语言形式中所蕴含的认知方式和认知特色。在这个意义上说，让中文系的大学生尝试创作古体诗文，正是希望他们能够汲取古代汉语所特有的表现力，并希望他们能够提高自己更高层次的语言表达能力。

后记

在这样的背景下，我们尝试着在教学中加入了古诗词以及对联等古体诗文的创作实践，并且提供机会让学生们分享和讨论自己的作品。学生们既分享自己的诗文作品，也分享自己的创作过程和灵感源泉。有的同学在分享自己的作品时，因受其中有关家乡内容的影响而情绪激动，以至于无法继续自己的作品分享；有的同学在分享自己的作品时，收获了热烈的掌声；有的同学在分享自己作品的过程中，同学们不时报以欢快的笑声。这种积极投入的良好氛围让我颇受感染。

课程结束后，我把希望能够出版学生诗文集的想法向文学院院长张新科教授做了汇报。张院长非常支持，特意叮嘱我要把好作品的质量。

---

[1] 徐时仪. 汉语白话发展史·前言 [M]. 北京：北京大学出版社，2007.

这让我在高兴的同时深感责任之重。在获得学院的支持后，学生们又多次修改自己的诗作，之后又请胡安顺教授审读文稿。根据学生创作的基本情况，胡安顺教授提出了非常有价值的指导性修改建议；根据这些建议，我和学生们又组织了一次集中讨论和修改。在这个过程中，1602班学习委员赵博文同学做了很多辛苦而繁琐的工作，一方面收集同学们的古诗词以及对联作品，一方面把同学们在修改中存在的问题和困惑及时反馈给我，又把老师给同学的修改建议和意见及时反馈给同学们。

十年树木，百年树人。人才的成长必须要经历一定的时间，同时也需要一定的发展空间；因此我们要给学生提供成长和发展所需的时间和空间。如果以树喻人，那么学生长成什么样的树才是对社会有用的呢？孔夫子说："君子不器。"君子是要具有多方面的才能的；因此，我们希望学生能够成长为具有多种才能的人才。这部作品集就是我们的尝试和努力。

在作品集付梓之际，这里以中华新韵赋诗一首，借以感谢学院的支持，感谢胡安顺教授的指导，感谢同学们的积极参与，感谢光明日报出版社编辑的辛勤付出。

学事

上林气爽秋高天，翘楚俊才代代传。

欲晓典籍通古今，先识文字后得言。

音声训诂明章句，察纳雅言继俊贤。

为报家国图伟业，长安聚散师生缘。

惠红军

2019年6月25日

于陕西师大雁塔校区